The Real Struggle

Flairs and Glairs

Publication House

"The Real Struggle"

ISBN No: " 9789391302979"
1st Edition
Language – English and Hindi

Flairs and Glairs
Publication House
Regd. Under MSME Act.

Copyright. 2021, Neha Rahi

All Rights are Reserved. No Part of this can be reproduced, stored, copied or transmitted in any form may it be electronic, mechanical, magnetic, optical, photocopies, and or any other possible manner without the prior written approval of the author and publication house, except for a reference in respect to the author or the publishing entity work.

Disclaimer

This is a work of fiction and solely represent the thoughts of the corresponding authors of the articles.
Our editors have tried their best to edit the content of all the authors and check the plagiarism.
All the write-ups in this book are unique and are only published in this book.
In case any plagiarism or error is found, only the author is responsible alone, and not the publisher or the Compilers.

Cover Designing and Book Formatting
Shubham Shah and Ishani Agarwal

Acknowledgments

My primary thanks to God. I am blessed with the energy to be able to complete this anthology.
I also thankful towards our whole team of "Flairs and Glairs Publication".

I am thankful to my parents,   Mr. Virendra Kumar and Mrs. Laxmi for trusting and supporting me always. And my friends and extended family to support in every step of life. And to provide me a surrounding where I can raise my voice for all types of issues.

Thank you all the co-authors, without your support we would never be able to complete this anthology.

Co Author

Shubham Shah (Founder Flairs and Glairs)
Ishani Agarwal (Co-Founder Flairs and Glairs)

1. Neha Rahi
2. Ankita Mishra
3. Shubhi Agarwal
4. Soni Singh
5. Riddhi Rajesh Loya
6. Rimpi Kurmi
7. Smriti Jha
8. Sandeep Choudhary
9. Krity Baranwal
10. Sushree Arati Pattnayak
11. Vishal Singhal
12. Palvi Chaudhary
13. Nandini Laxmi Sahu
14. Raghav Chauhan
15. Saanjh
16. Jitender Saini
17. Deepak Singh
18. Bhushita Ahuja
19. Ziaur Rahman
20. Bidisha Bhattacharyya

Shubham Shah

(Founder - Flairs and Glairs)

Shubham Shah, an entrepreneur at "Flairs & Glairs" a brand with dynamics in events organizing and cultural educational pan INDIA, is a 26yrs old guy who recently has entered the digital platform of imprinting emotions. He has initiated with his own open mic platform to help budding poets and aspiring writers under his brand named as "Teekhe Zasbaaat"

He is a commerce graduate from the Bhagalpur City of Bihar.
He states Writing has impersonated him since childhood and he has now been writing for over a decade!
Cooking, on the other hand, is his passion! He also mentions, trying out new things just tickles him!
When asked sir, Why SPICY EMOTIONS?
He smiled and added, "agar jasbaat teekhe na ho toh wo jasbaat kahan" Spices are all that blends! So do his words!
As a chef, he presents to you his dish! Hot and freshly served! Taste it! Feel it! Enjoy it! You can also find his writing in the Book "Teekhe Zasbaaat" and 50+ Co -authored anthologies. With his passion to explore opportunities across Platforms, he is working with keen dev otion and We wish him all the very best for his future ventures.
He is Featured in the International Magazine DeMode for his upcoming solo novel.
He is Approved by Ne8x for its Lit Fest, and is a Golden Star Awards 2020 Winner.
He is a India Book of Records Holder for his Anthology Satrang, and has the Grandmaster title by Asia Book of Records, for the same.
He has also been featured in Prabhat Khabar, Dainik Jagran, and a lot of other Newspapers in Bihar for his achievements.
He has been a proud co-author to
India Book Of Records (Title- Black)
World Book Of Records (Title -15 Wonders of Poetries)
India Book Of Records (Title - Aaina)
Vajra World Records Holder (Title - Gustakhi Maaf Hai)
High Range of Records Holder (Title - Gustakhi Maaf Hai)
Indian Book of Records
(Title - Road from Worst to Best)

Share your reviews on his

INSTAGRAM
@spicy_emotions
@shubham4shah
Or via email on
shubham2shah@gmail.com

To stay tuned to his work and opportunities follow his business Handles

INSTAGRAM   FACEBOOK   YOUTUBE

@flairsandglairs
@teekhezasbaaat

WEBSITE:
https://flairsandglairs.in/
https://flairsandglairs.com/

Ishani Agarwal

(Co-Founder- Flairs and Glairs)

Ishani Agarwal hails from the City of Joy, Kolkata.
She is the co -founder of her Community "Teekhe Zasbaaat"
and Flairs and Glairs Publication.
Been a Compiler for 45+ Anthologies, she is in the process for
more. Co-authored in 150+ Anthologies. She is a India Book
of Records Holder, a Vajra World Records Holder, a High
Range of Records Holder, an OMG Book of Records Holder,
a Bravo Record holder, a Forever Star Book of World Records
and an Indian Book of Records Holder.
Approved by Ne8x for its Lit Fest 2020, and Literary Icon
2020. Also a Golden Star Awards Winner 2020.
She has also been award ed with India Star Republic Award
2021, a part of She Awards by Awards Arc and Winner of Nari
Samman 2021 by Literoma.

She is also selected as Best Achiever of the Year by AwardsArc and Most Challenging Compiler Award by Spectrum Awards.
She got her first solo Published,a solo Compilation consisting of first 750 contents of hers, titled "Hand That Burnt While Healing".

She has been featured by the National Magazine "Taree Zameen Par" with the title 'unstoppable'.
Also featured in the International Magazine DeMode for her upcoming solo novel, she is proud to write on social issues, and is happy with the love she is receiving.
Connect with her on Instagram: @Ishani_agarwal_quotes / @compilations_so_far

Neha Rahi
(Compiler)

Neha is a young budding writer and she lives in new   Delhi .She is typical delhite girl She is always full of energy and positivity. She is a nature lover . A lady with full of ambitions . She always try to find happiness in little things And her first book was nari in which she work as a coauthor . Now she is working in so many books as a coauthor as well as compiler . She has a beautiful relationship with pen and paper. She always try to make a beautiful image through her poems .

खुदकी तलाश..

खुदको खुदकी तलाश है एक अरसे से।
मैं भटका भी तो तुझे तलाशने
खुदसे मिले हुए तो ज़माना हुआ
मैं खुदसे मिला भी तो बदले अंदाज़ में
कुछ किस्सों से मेरी कहानियां बन गई ..
मेरी चुप्पी मेरी गलतियों की निशानियां बन गई..
मैं रुका, थमा और थमता चला गया
यही सबब मेरी तंकीद (आलोचना) का बहाना बन गई।
मेरा ज़र्रा – ज़र्रा चुर हुआ
हा मैं वही बशर हूं जो अपनी बर्बादी में
खुद मशरूफ हुआ ।
मेरा हाल देखकर तुम
मुझे शर्मसार करते हो।
मुझसे पूछो तो सही मेरा क्या हश्र हुआ ।
मैं बंजारा सा तो था नहीं
फिर क्यों मैं घर से भी बेघर हुआ

Ankita Mishra

Ankita Mishra (anku_poetry), is an Engineer by qualifications and writer by Passion. Getting her poem printed was her Childhood dream and she achieved the same by being a part of her first Anthology "Azaadi", in which she is a co -author. She very much believe in Family Values and c   onsider her family as her backbone and their support as her strength. Along side with the passion of writing She is also an IAS aspirant and working hards towards achieving the same.
She Believe and follow :
"ये लक्ष्य आपका है, प्रयास भी आपको ही करना पड़ेगा।"

चलते रहना

सफलता मिले या ना मिले,
प्रयत्न करते रहना तुम।
राहों में लगे चाहे जितनी ठोकर,
हर बार साहस से उठ खड़े हो जाना।
अपनी मेहनत और लगन पे,
विश्वास बनाए रखना तुम ।
जो दृढ़ संकल्प किये हो,
मंजिल को प्राप्त करने का।
बस उसे ध्यान में रख,
ईमानदारी से पथ पे चलते रहना तुम।
थक जाओ अगर सफ़र में तो,
रफ़्तार थोड़ी धीमी कर लेना।
रुकना नहीं, झुकना नहीं,
हर कदम आगे बढ़ाते रहना तुम ।।
अंकिता मिश्रा

मंजिल की राह

आसान नहीं होती,
उचाईयों को हासिल कर लेना।
इस भीड़ भरी दुनियां में,
अपना वजूद बना लेना।
पैरों तले छाले निकल जाते है,
संघर्ष की राहों में।
कभी दिल करता है ,
आधे राह से वापस मुड़ जाने का।
तो कभी डर लगता है ,
मंजिल के समीप आने पर पैर फिसल जाने का।
यह राह लंबी सी लगती है,
हर कदम एक नई चुनौती खड़ी करती है।
आसान नहीं होती,
उचाईयों को हासिल कर लेना।
इस भीड़ भरी दुनियां में,
अपना वजूद बना लेना।।

Shubhi Agarwal

शुभी अग्रवाल एक उभरती हुई लेखिका है। जिंदगी को बदलते हुए, इन्होंने बहुत ही करीब से देखा है। दुनिया की परवाह किए बिना आगे बढ़ने मे विश्वास करती है। क़लम को अपनी ताकत मानती है। लेखन रुचि ही नही, बल्कि इनकी मंजिल है। अपने जज्बातो-विचारो को लेखन के माध्यम से बखूबी बया करना इनकी काबिलियत को दर्शाता है ।

(1)

जिंदगी को मैंने करीब से देखा है,
अपनो को हर मोड़ पर बदलते देखा है,
परायो को अपना होते देखा है।
जो करीब थे हमारे उनको तंज कसते देखा है,
माना कि जिंदगी में हर कोई साथ नही देता,
पर यहाँ तो मैंने अपनो को ही मुँह मोड़ते देखा,
क्योंकि नहीं थी समझ इतनी कि कौन अपना है और कौन पराया,
पर जब ठोकर लगी तो,समझ आया कि अपना तो है ही पराया ।
तब मन बस एक ही सवाल करता कि क्यूं हम अकेले आगे बढ़ नही सकते,
तब इस बदलती जिंदगी के पन्नो ने एक उम्मीद दिखाई,
मुझको मेरी लिखने की रुचि बतलाई,
तब से यह लिखने का सफ़र शुरू हुआ।
संघर्ष ही है,जो हमे जीवन का आधार बताता है,
चुनोतियों का सम्मान करना हमे संघर्ष ही सिखाता है।

(2)

माना कि जिंदगी के हर मोड़ अच्छे नही होते
अपना कहने वालों के हर साथ सच्चे नही होते
अपने ही साथ छोड़ देते है जब सहारा देने की बारी है आती
सच बात है कि जिंदगी से कभी उम्मीद नही करनी चाहिए
हालात चाहे कैसे भी हो खुद को मजबूत बनाये रखना चाहिए
जिंदगी की ठोकर ही हमे बहुत कुछ सिखाती है
हर मुश्किल हालातों से सामना करना सिखाती है
अगर ठोकर ना लगे तो हम गिरना भूल जाएंगे
फ़िर गिर कर सम्भलना हम कैसे सीख पाएंगे।

Soni Singh

Soni Singh(d@y_dre@mer) is a research scholar persuing PhD in English Literature.She writes quotes and poems about women, love and nature even almost about everything running around her. She's a creative an optimistic one and ready to achieve her goals by all of her hard work with the blessings of her dear ones. She loves to sit near the riverside and listen the Rippling sound of the river. She loves to do anything for her loved ones and owns a forgiving heart because she believes in forgiving and forgetting others for the sake of love.Her first book was Aazadi in which she worked as a coauthor. You can connect her @sonisingh184 in Instagram. She loves to share her feeling and emotions through writing with new innovative thoughts.

मेरा संघर्ष

कुछ पाने के लिए जीवन में,
कुछ खोना तो पड़ता ही है।।
सच ही कहा है लोगों ने,
संघर्ष तो करना पड़ता ही है।।

कुछ नहीं मिलता यूं ही यहां,
हर चीज का मोल चुकाना पड़ता ही है।।
यँहा सब कुछ पाने के लिए,
कुछ ना कुछ गवाना पड़ता ही है।।

आसान नहीं थी मेरी राहें,
काँटो पर चलती आयी हूँ मैं।।
अकेले रहकर रोई हूं,
और सबके संग मुस्कुराई हूँ मैं।।

यूं ही नहीं मिलता जीवन में कुछ,
इस बात को फिर समझ पायी हूँ मैं।।
हर मोड़ रास्ते पर खड़ी,
कुछ देर तक खोई हूँ मैं।।

छोड़ आए थे जिस दिन आप मुझे,
अकेला उस अनजान शहर में।।
टूट कर रोई थी तकिए से लिपटकर मैं,
आंखें तो आपकी भी भर आयी थी।।

एक अरसे बाद गले लगाया था आपने,
दूर जो हो रही थी पहली बार आपसे।।
कैसे संभाला था इस दिल को मैंने,

ये तो बस मैं ही जानती हूँ।।

राह चुनी थी खुद मैंने जो,
उस पर कैसे चली थी मैं।।
ये तो बस मैं ही जानती हूं।।

संघर्ष जीवन भर का

कुछ पाने के लिए हम क्या नहीं करते हैं
कभी खुद से लड़ते हैं कभी दुनिया से लड़ते हैं
उस चीज को पाने के लिए हम हद से गुजरते हैं
कोई लड़ता है किसी को पाने के लिए
कोई लड़ता है कुछ बन जाने के लिए
कोई लड़ता है किसी और का हो जाने के लिए
अगर पहले ही उसके हो जाते हैं
तो फिर क्या करते ,सोचा है कभी???
कुछ कर जाने की ,कुछ पा जाने की
लड़ाई कभी भी खत्म नहीं होती
जिंदगी नाम ही है संघर्ष का
संघर्ष खत्म तो जीवन कैसा
जब सब कुछ पा लिया
तो आस क्या रहेगी
आगे जिंदगी जीने की फरियाद क्या रहेगी
जीवन में कभी-कभी कुछ ना मिलना भी अच्छा होता है
उसे पाने की चाहत तो तब भी बनी रहती है
अगर वो भी मिल जाता पहले ही तो
किसके लिए जीते, सोचा है कभी??

Riddhi Rajesh Loya

Riddhi rajesh loya is passionate about writing. She feels writing is the best way to express yourself. She lives in nagpur, maharashtra.

She is further pursuing her career in interior designing.

She stands here as the coauthor of the book.you can get in link with her on instagram @words_maafia or directly on her main account @_.ridddhhiiii._

" The Victim Card "

Every time i tried so hard,
But the looser played their victim card,
I was stressed,
I was depressed,
For many years i tried to hide,
The fuckin' battle i had inside,
I know i wasn't a looser because i had given my best,
But i also knew it will not be giving me the satisfaction and rest,
My hard work and dedication was true,
But their victim card turned me blue,
Now the kindness inside me was burned,
I will show them who i am because now it was my turn.!

Rimpi Kurmi

Rimpi kurmi (@पूजा) is a daughter of Bhupendra Kumar Kurmi ,born in 21st sept 1995 in Assam .She completed her Bachelor of Commerce from Cachar College Silchar in Accounting & Finance, after obtaining her M.com degree, she is pursuing her study to obtain Ph.D. in Finance from Assam University Silchar. She started writing at the age of 15years old. He r interest in the field lead her to write short stories, articles, poems, shayaris etc. She also served as a counselor for women and frequent face in the program as an anchor and was a constant voice in the local news channel dealing with about civil rights.

अस्तित्व – एक पहचान

ये किसी नायक की वीर गाथा नहीं ना किसी युग की गाथा है..
ये स्त्री के रूप बेभव की भी नहीं ये मेरी जीवन गाथा है..!!

कहा जाता है मानव ही सृष्टि के रचना का आधार है, इन्हीं से हम आप और हमारा निहित एक संसार है, कहते हैं ईश्वर की सबसे श्रेष्ठ संरचना मानव है और "मानव" सुनते ही हमारे मन में दो ही बिंब दिखाई देते हैं..स्त्री और पुरूष..

स्त्री और पुरूष..!! पर मैं..क्या आप सबने मुझे पहचाना..तुम बताओ क्या तुमने मुझे पहचाना..!!

क्या करें साहब जिसके पहचान को इतिहास ने गढ़ा ही ना हो उसे आप सब भला क्या पहचानोगे..?? मैं ना आप सब में से ही कोई एक हुं, आपके पास से गुजरते ही एक नज़र मुझपे ज़रूर पड़ जाती है, और उसी एक पल में मुझे सबसे ख़ास बना दिया जाता है।।

अक्सर ट्रेनों में, ट्रैफिक सिगनल्स पे और लोगो के घरों में दुआएं बांटते तो देखा ही होगा..क्या आप सबने मुझे अब भी नहीं पहचाना..??

अक्सर ना साहब पढ़े लिखे लोगों को कहते हुए सुना है मैंने की "मानव की मानविकता ही उसकी आधार होती है" और इसीलिए शायद मानविकता के उसी आधार ने मुझे इतना सम्मान दिया कि, कभी मुझे मेरे नाम से बुलाया ही नहीं और बड़े ही प्यारे से कई नाम दिए मुझे..ये हिज़रा..छक्का ..किन्नर..और भी न जाने कितने नाम।। बात करूं अस्तित्व की तो इंसान ने ही इतिहास रची और वहीं से मेरे अस्तित्व को उखाड़ फेंका पर ऐसा हमेशा न था.. पौराणिक ग्रंथों जैसे महाभारत में भी हमारा उल्लेख किया गया है, पर क्या किसीने इरावन के बारे में सुना..!!

शायद नहीं..!! हां अर्जून उलूपी पुत्र इरावन हमारे ही पूर्वज थे, जिनकी सहायता के लिए स्वयं प्रभु श्री कृष्ण ने मोहिनी अवतार लिया था। कहते हैं शिव और शक्ति का एक रूप भगवान श्री अर्धनारीश्वर भी हमारी ही पहचान है, बृहनला नाम से अर्जुन ने अपना अलग पहचान बनाया, श्रीखंडी नाम से ध्रुपद पुत्र ने अपना कर्मवचन निभाया।।

फ़िर क्यों हमारे पैदा होते ही हमारे मां बाप हमें अछूता समझ छोड़ जाते हैं, और कई जद्दो-जेहद के बाद जब हम अपने पहचान वाले लोगों के पास जाते हैं तो आप सबके तीखे बोल हमारे घुटन का कारण बनती है। क्यों हमें अपने ही नज़रों से गिराया जाता है..?? क्यों हमें हर रोज़ एक ऐसे संघर्ष से गुजरना होता है जहां हमारी शायद कोई गलती ही नहीं।।

संविधान ने हमें तृतीय लिंग का औधा तो दिया और इसी के तहत आज कोई आई.ए.एस अफ़सर तो कोई बड़ा डाक्टर बन गया है..मगर क्या आप सबके नज़रों ने मुझे स्वीकारा..सम्मान से अपनाया..!!कह सकते हैं हम ये की ये अधिकार सिर्फ़ कानून के पन्नों में ही क़ैद होकर रह गए हैं।।कहते हैं..हम सबने पहले अपनी ज़मीर बांटीफ़िर अपना घर भी बंट गया,हमारी आर्जुओं ने हमें इंसान तो बना दियामगर आज वही इंसान अपने आप में कितना सिमट गया..!!

Smriti Jha

Hi, This is Smriti, and one of the new entrants in the list of poetess. She has completed post -graduate diploma in I.T She is from Hyderabad and pen's down on paper whatever comes down in her heart and mind. She always wanted to print her poem and she achieved the same by being a part of her first Anthology " The Real Struggle " in which she is a co-author.

उड़ान

एक ऐसी उड़ान भर, अपने डर को किनार कर;
भूल जा नाकामियों को, इस जग में अपना नाम कर;
तू बस लड़ता चल, तू बस बढ़ता चल;
रुकना ना कभी तू, थकना ना कभी तू;
बस चलता चल – चलता चल।।

एक ऐसा दिन आयेगा, जब तू भी जगमगाएगा;
साथ होगी दुनिया सारी, चेहरा तेरा भी मुस्कुराएगा;
सोच उस मां बाप के चेहरे को, जो तुझे देख मन ही मन खिल
खिलाएगा।।

देख उस सूरज की ओर, जो दिन भर खुद को जला जला कर,
प्रकाश फैलाता है;
देख उस नदी की ओर जो तोड़ कर चट्टानों को, सरल भाव से बहती
है।।
कर लो हर हसरत पूरी, एक ऐसी उड़ान भर;
जीत लो दुनिया पूरी, एक ऐसी उड़ान भर।।

Struggle & Achievements

संघर्ष जीवन की गतिशीलता का पर्याय है। संपन्नता सभी को नहीं मिलती, परन्तु आभाव में जीवन की कठिनाईयों से लड़कर शिखर तक पहुंच पाने के अनेक उदाहरण हमारे पास है। और संभवत: जीवन के संघर्ष को स्वीकार करना ही एक सुखद जीवन का आधार बन पाता है। इस मौलिक नियम के कई उदाहरण अतीतकाल से हमारे सामने है। प्रेमचंद ने गरीबी को अपनी क्रियाशीलता के राह में कभी रुकावट आने नहीं दिया।

भारत और अनेक राष्ट्रों में भी ऐसे अनेक उदाहरण है जिन्होंने समय की मान्यताओं के विपरित संघर्षों की अद्भुत एवं अतुलनीय उदाहरण पेश किए है। मानव विचारशीलता और उसकी कल्पनाशीलता को चुनौती देता है, जिसके आधार पर मनुष्य अपने आंतरिक सीमाओं को लांघता हुआ विजय श्री को प्राप्त करता है।

जीवन का संघर्ष हर मनुष्य को अपने आंतरिक क्षमताओं को विकसित करने का मौका देता है। जिसे सकारात्मक तौर पर स्वीकार कर उनसे लड़ने पर मानव उत्तमता को प्राप्त करता है।

जीवन की श्रेष्ठता और उन कठिनाईयों के पलों में संचित होते हैं, जिन्हें हम अपने उत्तम श्रम एवं स्वरूप द्वारा खोलना होता है, अंतत: संघर्ष के पल हमें जीवन की खुशी और आनंद देते है।

Sandeep Choudhary

Sandeep from Delhi , a new writer with old habit. He is very simple personality, full of thoughts and energy . He joined your quote in 2019 ,not a professional can feel what hewrites.

(1)

पाया बहुत , पर बहुत कुछ खोकर ,
कभी जागकर ,कभी सोकर ,
चलता रहा ,बढ़ता रहा ,
हाथों की लकीरों को पढ़ता रहा ,
गिरा भी रुका भी ,
थमा भी झुका भी,
फिर भी हारा नहीं ,
चढ़ा कभी पारा नहीं ,
कभी चूर हुआ ,कभी ढेर हुआ ,
उलझनों का नया फेर हुआ ,
लुटा भी , पिटा भी ,
लिखा हुआ , मिटा भी ,
राह में डटा रहा ,मंजिलों की तरफ़ सटा रहा ,
बढ़ता गया हारा नहीं किसी ने पुचकारा नहीं
रूखा भी देखा सूखा भी देखा ,
अपने आप को भूखा भी देखा,
फिर भी बढ़ता गया कइयो को खलता गया ,
चलता गया कोई जलता गया,
बहुत किया जाया तब जा के पाया ,
तब जाके पाया ##

(2)

आसानी से मिलता तो कीमत ना होती ,
संघर्ष के परिश्रम से ही मिलते है मोती ,
पाने से पहले खोना भी आया ,
कभी कभी रोना भी आया ,
उलझनों से लड़ता रहा ,
हिम्मत थी तो बढ़ता रहा ,
ना हाथ मिला ना साथ मिला
चैन दिन ना रात मिला ,
लोग मुकरते गए रास्ते सुकड़ते गए ,
थका जरूर हूं पर हारा नहीं
इतना भी किस्मत का मारा नहीं
जाना बहुत दूर था , मंजिल का नूर था ,
फसता गया ,हंसता गया रास्ता बनता गया ,
हताश हुआ निराश हुआ मन्न परेशान हुआ ,
जाता रहा पाता रहा अपने गम को खाता रहा ,
खतरों की भनक थी ,
पर मंजिल की सनक थी ,
चढा भी गिरा भी , नहीं पीछे मुड़ा ज़रा भी ,
हार कर भी हारा नहीं ,
हार कर भी हारा नहीं ##

Krity Baranwal

Krity Baranwal, daughter of Mr. Pramod Kumar Baranwal and Mrs. Kanchan Baranwal, is a student of XII standard in a private institution decorated as St. John's School in the Ghazipur district of Uttar Pradesh. She is a beginner at writing, one of her hobbies which is now steadily turning into the verses of her life story. Her creation speaks what her lips didn't part for. Penning her feelings and words to encrypt her little experience is what she is trying to do. This is her first ever anthology and seeks love for all by all.

(1)

I chose to be alone
For being in a group never worked
Now, I cherish my imperfect solitude.

I chose to be silent
For my voice has never been heard
Now then, I hear my own inner cries.
I chose to sleep
For waking up never made any difference
Thence I enjoy staring up the awake ceiling.
I chose to be quiet
For sharing has always put me down
Now, l love to be conserved.
I chose to be someone's noone
For being mine own never mattered
Today, I feel lucky to be someone's everyone.I chose… I
choose… I'll choose…
Really my life is all about the choices
I have made myself.

(2)

गमों का तूफान कुछ इस कदर उमड़ रहा
न तो दरिया का किनारा दिख रहा और ना ही
इस जिंदगी की डूबती कश्ती का कोई सहारा

सामने है तो एक प्रशांत महासागर
जिसके उस ओर अभय, अभीक आसमान
पनप रहा है जिसमें भावनाओं का तूफान
जज़्बातों की न थमने वाली बारिश

फिर भी उन उड़ते बादलों को छूकर
आसमान को पा लेने की ख़्वाहिश

Sushree Arati Pattnayak

Sushree Arati Pattnayak is a dreamer, a nation builder, a New writer. Hails from Ganjam, Odisha. She's a Teacher by profession and a writer by passion.   She loves to do things in her own way uniquely. Shushree's writing always sparkled in regional magazines (Odia), She has written numbers of poem for various magazine and a notable author of Pritipanati E   – Magazine, Aawahan and Sudhapallab. The amount of love she pouring to the writing the equal amount of love and credit showering on her. Eventually she is going to make an impact in the writing world.

"खुद से खुद की पहचान बनाता जा"

तोड़ यू चुनौतियों की जंजीरों को
निडर बन कर इसका सामना तू करता जा..
ना रुक अपनी राहों पे, ना झुक इसके सामने,
अपनी मंजिल की सफर कड़ी मेहनत से सजाता जा..
तू खुद से ही खुद की पहचान बनाता जा ।। (1)
असफलता की समंदर को लांघने
लगातार कोशिश की छलांग जरूरी है।
पहले निकल तू किनारों से समंदर तक,
गहराई में मोती, तेरे इंतजार में पडी है।
किनारों से मोती का सफर को आत्मविश्वास से भरता जा...
तू खुद से ही खुद की पहचान बनाता जा ।। (2)
होंगी राहों में घनघोर घटायें...
कई अंधिया, कई बलाएँ..
आँधियों के सस्त को तू
धर्य की ढाल से मिटाता जा.,
झुक जाएगा मुसीबत भी तेरे आगे..
अड़े रह कर खुद को शौर्य तू बतलाता जा।
तू खुद से ही खुद की पहचान बनाता जा ।। (3)
कर्म ही तेरा नायक है, कर्म से ही तेरा परिचायक है,
कर्मों से अपनी किस्मत की रेखा तू बदलता जा।
लकीरें क्या चुनेगी तेरी किस्मत..
अपनी किस्मत की हीरे को खुद ही तू चमकाता जा.. खुद से ही खुद
की पहचान बनाता जा ।। (4)

तू नारी है

तू नारी है ..
अनल से निकली हुई चिंगारी है..
आरती की तू लौ नहीं..
क्रोध की तू मशाल है...
तू नारी है।।
तू शक्ति है ...
दुर्गा, लक्ष्मी, काली की मूर्ति है...
कोमल है तू कमज़ोर नहीं,
जग को जीवन देने वाली
मौत भी तुझसे हारी है....
तू नारी है ।।
तू मान है ..
कला और हुनर से भरी शान हे..
औरों से नहीं,
तू खुद की बनी पहचान है..
अब संसार की बेड़ियाँ नहीं,
तेरे आत्मसम्मान से तू स्वाभिमानी है..
तू नारी है ।।
तू बदलाव है ...
धूप में ठंड की छाँव है ..
ना रही है तू अबला ...
ना ही तू बेचारी है..
चल मिटा दुनिया की इस सोच को.. एक नयी इतिहास रचने की
बारी है.. तू नारी है ।।

Vishal Singhal

Vishal is a writer . Who often writes thoughts , feelings and bitter truth   which are spread surrounding the people , surrounding the nature. Sometimes who writes for itself also.

(1)

जिम्मेदारियों का थैला उठाकर सवेरे ही निकल जाता है
धूप छाव की परवाह किये बिना जीविका में लग जाता है
रुबरु होकर जिंदगी की जद्दोजहद से खुद को निखारता है
वो अकेला आदमी घर संसार चलाने के लिए हर रोज़ भागता है

(2)

हर लम्हा इम्तिहान है
संघर्ष पूर्ण इस जीवन को
फिर भी कही न कही इत्मिनान है
अपेक्षाओं के सापेक्ष ढाल लिया खुद को
जीवन की प्रत्यंचा पर चढ़ा लिया खुद को
जिम्मेदारियों के साथ अब समन्वय बनाता हूँ
उठकर रास्तो की ठोकरों से खुद को आगे बढ़ाता हूँ
देखता नही मैं कपड़ो पर जमी धूल
और पैरो में पड़े छालों को
भाग दौड़ करता हूँ बस
रख के ज़ेहन में दो वक्त के नेवालो को

Palvi Choudhary

Palvi is a new writer and lives in Jammu and Kashmir. She writes what she dreams of . She started writing recently and her first book is "The real struggle" where she worked as a co author. She is peace loving and a positive person and tries to create positive vibes.

Something I Never Told

People think that struggle is always done to get a good job or in life to be successful .But there are many who also struggle for their love as in today's era there is nothing like true love but those who do have to fa ce many problems . As I always say that true love is never effortless and what is effortless is never true love . In beginning when someone feels something for someone, they will have to find that person and even ways to talk to him/her and after that many things come in our mind that if he or she will accept me or will understand my feelings or even he/she will talk to me and many more . After defeating our own thoughts we will move to next step and after everything finally when that person becomes part of your life . After that you always have fears of losing him/her and even if he/she is happy with you or not . There is lot of struggle in love life also if someone keeps it true ,there are lot of problems to be faced ,but if they are true to each other the will deal with it.

संघर्ष

लाख कोशिश करेंगे लोग
तुम्हे गलत साबित करने की
तुम लगाओ सिर्फ जीतने के रोग
क्या ज़रुरत उनकी फिकर करने की
ना जाने कितने ऐसे टकरेंगे
ज़िन्दगी के इस सफ़र में
तुम्हे हिम्मत नहीं हारनी
दुनिया कि इस भीड़ में
संघर्ष तो हर मोड़ पर होगा
पर तुम्हे हर हाल में ही हासिल करना होगा
नकारात्मकता हर किसी से मिलेगी
पर तुम उसपर ध्यान मत देना
ध्यान देना तो बस सकारात्मकता पर ही देना
मैं समझ सकता हूं तुम्हारे संघर्ष को
अपनी जीत को हासिल करने के लिए हर एक बलिदान को पर
तुमने मंजिल भी तो ऐसी चुनी
जिसमे संघर्ष ही संघर्ष हो

Nandini Laxmi Sahu

I m an adorable writer ,Student of microbiology Bird of her
Mother , Love to fly in the highsky,Wants to be a business girl
keep

(1)

मेरी हर हरकत पर
मां से ज्यादा ये लोग
परेशान क्यों है
काबिलियत बेशुमार है
फिर भी मेरी कुछ
गलतियों पर ध्यान क्यों है
खुश रहा करते हैं हम
फिर भी ये लोग
इस कदर हैरान क्यों है
अच्छाइयां भी है हम में
फिर भी मेरी कुछ
बुराइयां सरेआम क्यों है।
चाह कर भी हम बुरे ना बन पाए
फिर भी चाहने वालों ने
कर दिया बदनाम क्यों है
वो चलना भी क्या जहाँ
लडखडाने का मजा ना हो
वो बोलना भी क्या जहाँ
तोतले पन का अलग अंदाज ना हो
वो उड़ान भी क्या जहाँ
गीरने की कोई सजा ना हो
वो जीतना भी क्या जहाँ
हारने का मजा ना हो
उस धूप में चलना भी क्या
जहाँ पांव में छाले ना दें
वो मेहनत ही क्या जो
खून पसीने को एक ना कर दे
वो शान ही क्या

जो बेइज्जत होने का मौका ना दें
वो कमजोरी ही क्या
जो मजबूत होने पर मजबूर ना कर

Raghav Chauhan

Raghav Chauhan' is a young writer of the modern era. He was born on 06th July 1997 at Moradabad, UP. But he had started his journey of writing from Haridwar, A holy land of Uttarakhand. He has co-authored in 35+ anthologies and compiled 4 anthology also. Currently he has 7 th times honoured by many book of record. He has featured in The on-Zine magazine for his article Mental stress in Dec edition. You can contact him on

IG - @unprofessional_writer_raghav

(1)

संघर्ष ही जीवन है, ये कथन हम सभी ने सुना है और यह पूर्णतः सत्य है, क्योंकि जीवन को सार्थकता प्रदान करने में संघर्ष की सबसे महत्वपूर्ण भूमिका होती है और यह प्रत्येक जीव के लिए अहम है। मनुष्य को यदि अपने जीवन को सफल बनाना है, तो उसे संघर्षित जीवन जीना होगा। वास्तव में संघर्ष ही सफलता के द्वार तक पहुंचने का एक सभ्य माध्यम है। इसी क्रम में लेखक ने अपने जीवन के एक प्रसंग को उल्लेखित किया है, जो वास्तव में लेखक के जीवन में प्रेरणादायी रहा है। यह प्रसंग उस समय का है, जब लेखक अपनी मैट्रिक की शिक्षा प्राप्त करने के उद्देश्य से विद्यालय में पढ़ने के लिए अपने गांव से पाँच किमी दूर एक शहर में गया।

मैं अपनी अष्टम तक की शिक्षा प्राप्त करने के बाद नवम् कक्षा में प्रवेश के लिए एक विद्यालय में गया, वहाँ मुझे एक प्रवेश परीक्षा उत्तीर्ण करने के पश्चात नवम कक्षा में प्रवेश मिल गया। मैं बहुत खुश था, उस समय मेरे पिता जी अंग्रेजी के अध्यापक थे, परंतु उनके वेतन से घर का खर्च बहुत मुश्किल से चलता था। फिर भी मेरे पापा ने कभी मुझे निराश नहीं किया, सदैव मेरी खुशियों के लिए अपने सुख-चैन को त्यागा है। मैने घर से ही नवम् और दशम् तक की शिक्षा प्राप्त कर ली थी। मेरे पापा का सपना था कि मैं उन्हें कुछ ऐसा कर दिखाऊं, जिससे वे मुझ पर गर्व महसूस करें। यही सोचकर पापा ने मुझे शहर में एक किराए का रूम दिलाया और मुझसे कहा कि बेटा मन लगाकर पढ़ाई करना। मैने अपने पापा की इस बात को मन में रखकर अपनी पढ़ाई पर ध्यान दिया और अधिक से अधिक समय सिर्फ अपनी पढ़ाई को दिया। परंतु मुझे वहां खाने की समस्या थी, क्योंकि मुझसे बनाना नहीं आता था। तब पापा ने कहा कि मैं पहुँचाया करूंगा तुम्हारा खाना। उस समय मेरे घर में सिर्फ एक पुरानी हीरो की साइकिल थी। मेरे घर से शहर की दूरी लगभग आठ किमी थी। अब पापा को एक जिम्मेदारी और बढ़ गयी थी। वे पहले अपने स्कूल से आते थे और बिना आराम किए पहले मेरा टिफिन पहुंचाते थे। वहाँ

से वापस आकर खाना खाते थे। यह उनकी दिनचर्या का एक भाग बन गया था। चाहे धूप हो या बारिश का मौसम या सर्दी हो, पापा मेरा टिफिन घर से पहुँचाते थे। प्रतिदिन 16 किमी साइकिल चलाकर टिफिन पहुंचाना कोई आसान कार्य नहीं है, परंतु पापा ने कभी इस कठिनाई को महसूस भी नहीं किया, क्योंकि इसका कारण था – मेरे प्रति उनका अगाध स्नेह। वास्तव में जितना त्याग मेरे पापा ने मेरे लिए किया है, मैं कभी उनके त्याग का 10% भी चुका पाऊं। आज मैं अपने जीवन में जो भी हूं, उसमे मेरे पापा की अहम् भूमिका है। अतः मेरे जीवन के संघर्षकर्ता मेरे पापा ही हैं।

Saanjh

Saanjh.
She is professionally a teacher. She has completed its post graduation in computer science.Writing is her childhood passion. She writes what she feel. Saanjh who is a self dependent lady. Who always come forward for the needy people.

नारी

मै गिरूंगी नहीं, मैं टूटूगी नहीं
मै एक नारी हु, मैं हारूगी नहीं

वो मेरे अपने ही है जो तोड देते हैं
वो मेरा स्वाभिमान ही है जो टूटने नहीं देता

मुझे लाख कुचल लो,गिरा लो
मै फिर से उठुगी
मै फिर से जियुगी
मै फिर से लडुगी
मै नारी हु,मै हार नहीं मानूंगी

अधुरापन

मै खुश हु की अब ये अधुरापन ही अच्छा लगता है।
कौन जीया है पुरा होकर,
ख्वाहिशें अधुरी,
सपने अधूरे,
अब जो इस अधुरेपन मे वो बात है, जो उस पूरे होने में नहीं।
मै खुश हु की अब ये अधुरापन ही अच्छा लगता है।

अब ये अधुरा चांद ही अच्छा लगता है।
क्या देखा है ये समंदर पुरा।
क्या देखा है ये आसमान पुरा।
मै खुश हु की अब ये अधुरा चांद ही अच्छा लगता है।
मै खुश हु की अब ये अधुरा आसमान ही अच्छा लगता है।
मैं खुश हूं कि अब ये अधुरा समंदर ही अच्छा लगता है।
मै खुश हु की अब ये अधुरापन ही अच्छा लगता है।

Jitender Saini

Jitender is a Hindi and Urdu writer,He has completed his graduation   in Bachelor of Arts from MDU Haryana, he was editor in college magazine also and took part in several writing competition and earn specific rewards.

संघर्ष ए ज़िन्दगी,

संघर्ष के युग में आ पहुँचे हम,
साँसों का संघर्ष चल रहा है,
इस संघर्ष भरी ज़िंदगी में,
हर दिन जीवन ढल रहा है,
बच पाए तो खुशनसीब होगे,
ख़ुदा के दिल के करीब होगे,
बस जीवन अपना बचाना है,
मानवता का हित कर जाना है,
जीत कर संघर्ष ए ज़िन्दगी,
मानवता को बचाना है,
कर काम कुछ भलाई का,
नाम अपना अमर कर जाना है।।

संघर्ष की आग

संघर्ष की आग में तप,
कुंदन सोना बन जाता है,
कर संघर्ष खुद से,
सूरज हर रोज़ चमकता है,
बन तू सूरज खुद ही खुद का,
तपा ले संघर्ष की भट्टी में,
याद रखे जो ये दुनिया तुझको,
आग ऐसी बसा ले सीने में।।

Deepak Singh

Deepak Singh is a student and he lives in Haryana . Deepak Singh is a new writer . His words are not perfect but he try to spread shine through his imperfection thoughts . He start his journey recently in writing and "the real struggle " is the first book in which he worked as a co-author .

गुमनाम शहर...

खुशियों भरा जहान था ..
अब गुमनाम सा हुआ रहता ।
पहले तो रातें ही चुप थी यहां ...
अब दिन का उजाला भी अनजान
 सा हुआ रहता है ।
चेहरों की हंसी भी गुम सी है..
आंखों में कुछ नमी सी है ।
ये कैसा वक्त है ?
जहां खुशियां कम ..
और गमों की हवा बहती है ।
ये कैसा संघर्ष है?
जहा हर सुकून बेघर है ..
इंसान इंसान से अनजान क्यों है ?
ऐ खुदा तू भी इस तरह शांत क्यों है ?
ये जंग कैसी है?
जिंदगी भी मौत जैसी है ।
हवा बिक रहीं है दुकानों में ..
जिंदगी साथ छोड़ रहीं है राहों में..
मैं अब लफ्ज़ों के साथ..
जज़्बातों को भी ढूंढता हूं ।
मैं एक अनजान शख्स..
अपने हिस्से की खुशियां ढूंढता हूं ।
ये भी कैसा दौर है ज़िंदगी का ...
कहां गया साया साथियों का ..
सफ़र में बिछड़ गए कुछ लोग ..
जो साथ थे कभी हार मोड़ ।

Bhushita Ahuja

Bhushita Ahuja is a 16 year old Author, Social Entrepreneur & Motivational Speaker. She is the co -founder of Samvedna Foundation through which she teaches 350+ underprivileged kids chess. She's previously spoken about Social Entrepreneurship at various Delhi University colleges & has been invited as a speaker by corporates such as IRCTC & Tech Mahindra. Bhushita has created 4 world records with her work and she's also been awarded The Women of Excellence Award by The Indian Achievers Forum. She strongly feels that age is just a number, intent is what matters.

The Struggle to Outshine

Life is uncertain and no ones knows what the future holds. Today we may have all the amenities we require but tomorrow we may not even have a roof on top of our heads. Amid this ambiguity, this tiresome rat-race where everyone wants to reach the top, we often get stuck in the muck and buried by pressure. Who wants to be a strand of grass in a meadow where you can instead be an attractive scented flower? Everyone wants to stand out and outshine each other b ecause the world is hungry for attention and appreciation.

This is precisely why on social media everyone tries to post their best pictures and get the maximum likes. Even when high-schoolers apply for universities, they are trying to sell themselves in this market of life wherein we all have become products and each of us has been predetermined by this societal value. In some situations an individual's worth is indicated by their financial wealth while in other scenarios it is their marks, attitude or ac hievements. We are on this constant voyage to quantify one another to know where we stand.

Everyone dies at the end and the fear of being forgotten post death is much painful. We naturally prefer to leave our legacies behind so that at least we shall rem   ain alive in the hearts of others'. That's why we want to do something that creates a long-lasting impression. Just like Akbar left the Taj Mahal as a symbol of love for which he is credited even after several years of his death, similar way we want the wo rld to know our name and for us to have a purpose or mission statement. The problem arises when everyone wants to prove themselves to be superior, they tend to kick the competition away so that the limelight is not shared.

This is what creates issues because then we see the occurrence of the theory of the survival of the fittest in reality. To outshine, we push others down and that is neither ethical nor just. A permanent state of happiness is carved when there is self-satisfaction or happiness from withi n which cannot be long-term in nature when you're trying to derive happiness from outside. One can only outshine when they are confident under their own skin and this something we all forget. Your physical beauty or mental intelligence cannot be defined by others' opinions on them, they are defined by your take on the same. Love yourself first and the only will the world respect you for who you are. In order to outshine, you need to have the spark within you and that spark can be your spirit to work hard, your creativity or passion, or it could even be your hope to sail through the storms in your life.

Ziaur Rahman

Ziaur Rahman is an engineer by profession working as software engineer in Noida, he lives in Delhi. He loves to write poems, articles on social issues impacting human lives, He loves to travel as travelling is one of his passion to explore this beautiful w orld. Other than that he is actively involved in social actvism by his pen and helping marginalized community to uplift themselves.

You can connect with him by
Email : ziahabeeb03@gmail.com

वह डरते हैं
हमारी आवाज़ से!
वह डरते हैं
हमारी इन्साफ़ की पुकार से!
वह डरते हैं हमसे
क्योंकि हम उनसे नही डरते!
वह डराते हैं
फिर भी हम जिये जाते हैं
बढते जाते हैं उन तक!
और यही तो उनका डर हैं
हम पहुंच जायंगे उन तक !
और हमारा हाथ होगा
उनके गिरेबान पर!!

वह घबराते हैं
हमारे जीने के तरीके से!
वह घबराते हैं
हमारे पहनावे से!
वह घबराते क्योंकि
हमारे बदन बिकते नही!
वह घबराते हैं क्योंकि
उनकी नुमायिश में
हम जिस्म नुमाइ नही करते!
वह घबराते हैं
हमारी तहज़ीब से, तमीज़ से
और हमारी तारीख से भी!
वह घबराते हैं
हमारे अफ़कार से, अख़्लाक से,
जज़्बात से, हमारे आगाज़ से
और अपने अंजाम से भी!!

यही तो उनकी घबराहट है
कि हम नही मिलते, हम नही बनते
उनकी गंदी तहज़ीब के हिस्सेदार!!

वह चाहते हैं
हम बोले लेकिन
हमारी आवाज़ दब जाये!
वह चाहते हैं
हम ज़िंदा रहे
लेकिन हमारी तहज़ीब मर जाये!
वह चाहते हैं
हम बोले लेकिन
बोल उनके हो!
हम जिये लेकिन
तहज़ीब और तमद्दुन उनके हो!
वह चाहते हैं
हमारी तारीख मिटाना
हमे नीचे दिखाना !
वह चाहते हैं
हम अब्दुल्लाह से
अब्देअरद बन जायें!
और यही तो वह चाहते है
कि हम रहे , हमारी पहचान न रहे!

लेकिन
वह यह भी जानते हैं
हम नही डरते ,
हम नही बदलते,
हम उनकी तहज़ीब के बाज़ार के
हम खरीदार नही हैं!

हम उनके झूठे तख्त
के पहरेदार नही है!
वह जानते है
हमारे ईमान को,
हमारे भरोसे को भी
हमारे इरादे को भी !
इसीलिये तो वह डरते भी हैं
और घबराते भी हैं
वह जानते है
आने वाले कल को ,
कि हमारा हाथ होगा
उनके गिरेबान पर !
और हम होंगे , वह ना होंगे

और यही तो उनका डर भी है ,
यही तो उनकी घबराहट भी!!!!

Bidisha Bhattacharyya

Her name is Bidisha Bhattacharyya. She is currently pursuing BA Honours in English Literature in The Bhawanipur Educational Society College, Kolkata. She lives in Barrackpore, West Bengal. She has co -authored 25+ anthology books which are available on Amaz on, two Quotebooks on YourQuote webstrore, and one solo fiction book "Flash Pack" which is available on Amazon. She has been awarded multiple times for her writing skills from companies like AwardsArc, AttainersAward, SpectrumAwards, etc. You can find herin the following social media accounts:

IG: @lovewriting1

Wattpad: @self-love123

YourQuote: Bidisha Bhattacharyya

Struggle For Success

Work for it
Stay focused
You love it, it's your passion
So dive in and make your dreams reality
There will be days you will feel like giving up
But don't....
Stick in and take a break
Don't be afraid or worry unnecessarily
Take care of yourself nicely...
You will succeed
You have the ambition and the enthusiasm
Just work skillfully and take time...
Follow a strategy
Work hard comfortably
You will be surprised
How much you will end up achieving
At the end of time

Flairs and Glairs, a platform by a student for   the students. We are esteemed youth struggling to carve out our path for our future and we follow a basic mindset Since everyone is not born with aHround skills. Joining hands with people who are born to execute it with perfection is the best way to evol ve. Self-Evolution is the need of the hour but, evolving as a community is what we strive for.   The initiative as kickstarted by, Founder - Mr. Shubham Shah with the motive to utilize the skillset and talent of writing has now a team of 10+ people who are actively participating into newer forms of learning and discovering talents among youngsters. We Provide platform and services like Publishing opportunities, Open mics, Workshops, Hands-on training. Operating with Brand Name of Flairs and Glairs (Publication House), we offer the chance of elevating a passionate writer to an esteemed author   With Brand name Teekhe Zasbaaat. We bring to you an opportunity to get accustomed with the Public Speaking and Presenting of Thoughts along with regular challen ges to brush up your inking spirit.   The newest initiative to extend our services we introduced in a new writing Platform- The Glittering Fables and Ink Over Tears.

We Choose to Fly Like A Falcon than to be

a Leg Pulling Crab.

To Know More: Infoline – 7781900870
Mail Us At-
flairsandglairs@gmail.com / info@flairsandglairs.in
Or Visit is at
www.flairsandglairs.com / www.flairsandglairs.in
Social Handles- @flairsandglairs @teekhezasbaaat

www.ingramcontent.com/pod-product-compliance
Lightning Source LLC
Chambersburg PA
CBHW061301140726
47998CB00006B/2312